FAUX PAS

Vous aimez les livres de la série

Ballerine

Écrivez-nous pour nous faire partager
votre enthousiasme :

Pocket Jeunesse - 12, avenue d'Italie - 75013 Paris

Ballerine

Faux pas

Antonia BARBER

Traduit de l'anglais par
Jackie Valabrègue

POCKET
jeunesse

Titre original :
Out of Step

Publié pour la première fois en 1998
par Puffin Books Ltd.

Loi n° 49-956 du 16 juillet 1949 sur les publications
destinées à la jeunesse : janvier 2002.

ISBN 2-266-11495-6

Tutus et pointes te font rêver ?
Comme Lucie et ses amies,
enfile justaucorps et chaussons,
pour faire tes premiers pas de danse.
Deviens une…

Ballerine

1

Retour de vacances

Le train traversait la banlieue de Londres. Lucie Lambert s'enfonça dans son siège et regarda les arbres et les maisons défiler à toute vitesse. Bientôt elle serait à la maison ! Jenny, sa mère, somnolait, Charlie sur ses genoux. Le trajet depuis la Cornouailles [1] avait été interminable.

1. La Cornouailles est une région du Sud-Ouest de l'Angleterre.

« Que fait Emma en ce moment ? » se demanda Lucie, impatiente de revoir son amie.

Elle comptait les minutes avant de la retrouver ! Les Lambert vivaient au rez-de-chaussée, les Browne à l'étage, ce qui enchantait les deux filles.

Pauvre Emma ! Dans la carte qu'elle avait envoyée à Lucie, elle disait que sa grand-mère était venue la garder pendant que ses parents voyageaient à l'étranger. Lucie ne l'avait jamais rencontrée, mais Emma lui avait confié que la vieille dame autoritaire menait tout le monde à la baguette !

À cause d'elle, le père d'Emma travaillait dans une banque, alors qu'il aurait rêvé d'être menuisier…

— Tu crois que notre nouvelle cuisine sera terminée ? demanda-t-elle brusquement à sa mère.

Jenny ouvrit les yeux et répondit en souriant :

— Oui, je le pense. M. Browne a promis qu'il la finirait avant de partir en vacances à Rome.

— Super, murmura Lucie... Est-ce que tu crois que la grand-mère d'Emma est déjà rentrée chez elle ?

— Non. Je suppose qu'elle va attendre le retour de son fils.

Et Jenny commença à rhabiller Charlie à demi endormi. Il protesta vigoureusement.

— Je préférerais retourner en Cornouailles, décida Lucie.

Ils avaient passé une semaine chez les grands-parents de Lucie : sa grand-mère était bien différente de celle d'Emma. Douce et affectueuse, elle aimait tout le monde !

Grand-père aussi était super ! Il construisait de beaux châteaux de sable, creusait des canaux et des barrages sur la plage, et quand Charlie les écrasait en sautant dedans, il riait.

— Tu ferais bien d'enfiler ton manteau pendant que je descends les bagages, conseilla Jenny.

Une fois dans le taxi, sa mère lui demanda :

— Tu n'es pas trop triste de rentrer, Lucie ?

— Pas vraiment, répondit-elle en souriant… Heu… je veux dire que j'ai hâte de revoir Emma ! Mais c'était super-bien chez Grand-père et Grand-mère.

— Même si ta grand-mère passe beaucoup de temps à chouchouter Charlie ? la taquina Jenny.

Il est vrai que Lucie s'était sentie un peu négligée !

— N'y pense plus, dit gentiment Jenny. N'oublie pas que ton papa est mort, et qu'il était son seul fils. Charlie lui ressemble beaucoup au même âge, et cela lui rappelle d'heureux souvenirs.

— Oui… mais il lui reste encore tante Hélène ?

— Tante Hélène vit au Canada, et ils ne se voient pas beaucoup… Et puis, tes grands-parents ont adoré te voir danser, ajouta-t-elle.

« C'est vrai », pensa Lucie.

Elle avait souvent dansé devant eux. Elle leur avait aussi parlé des cours de ballet avec Emma et Jeremy, le seul garçon de leur classe de danse. Du coup, grand-père avait déclaré que, puisque les garçons pouvaient danser, il aimerait bien apprendre, lui aussi ! Il avait demandé à Lucie une démonstration de pliés, tendus et de révérences. Mais tout le monde avait tellement ri de ses efforts pour imiter sa petite-fille qu'il avait renoncé ! Ses grands-parents avaient promis d'assister à son premier spectacle.

Lucie se demanda ce que Jeremy avait fait pendant les vacances, et s'il avait revu cette horrible Angela…

Mais le taxi s'arrêtait déjà devant la grande terrasse de la maison. Il fallut sortir les bagages.

2

Mamie Browne

La cuisine était vraiment extra ! Elle était si bien redécorée qu'on oubliait son étroitesse. Il y avait désormais un évier étincelant avec une table de travail verte. Et aussi un nouveau carrelage et un placard en bois de pin.

— Oh, Lucie, regarde ! Nous avons même une nouvelle cuisinière !

Jenny semblait à deux doigts de fondre en larmes. « C'est parce qu'elle est super-contente », devina Lucie.

— M. Browne est vraiment gentil ! s'écria-t-elle en embrassant sa mère.

— Ça oui, affirma Jenny, tout émue.

— Je peux monter pour le remercier ? demanda Lucie.

— Il ne doit pas être encore rentré, mais tu peux aller voir Emma et lui dire combien nous sommes heureuses.

— J'y vais, et je lui dirai que son père est génial ! lança Lucie.

La porte de la cuisine des Browne était entrouverte, Lucie entra et se retrouva face à face avec une petite femme fluette aux cheveux gris-bleu. En la voyant, la vieille dame fronça les sourcils : Lucie comprit qu'il s'agissait de Mamie Browne.

— Oh… désolée, balbutia Lucie. Je cherchais Emma.

La tête penchée sur le côté, la vieille dame la regardait si sévèrement que Lucie eut l'impression d'être une souris sur le point d'être dévorée par un chat affamé !

— Je… je suis venue vous dire que la nouvelle cuisine était magnifique…, bredouilla-t-elle.

— La nouvelle cuisine ? s'étonna Mamie Browne qui, à l'évidence, n'était pas au courant.

— Oui, dans notre appartement du rez-de-chaussée. M. Browne l'a remise à neuf pendant que nous étions en Cornouailles, expliqua Lucie.

— Hum ! Mon fils a plus d'argent que de bon sens, rétorqua la vieille dame.

Voilà une remarque pas très gentille ! pensa Lucie.

— Eh bien, reprit-elle, je peux aller retrouver Emma dans sa chambre ?

— Elle n'y est pas, déclara Mamie Browne. Elle est chez Angela…

— Angela ? souffla Lucie, ahurie.

— … Une fille *adorable*, continua la vieille dame, et quelle *jolie* maison est la sienne ! Quant à son grand-père, quel homme *charmant* !

Abasourdie, Lucie sentit un grand trou noir s'ouvrir devant elle… Elle n'était partie qu'une semaine et tout avait changé ! Emma, *sa meilleure amie*, était allée voir l'horrible Angela… ! Et même son grand-père, tellement gentil, était devenu ami avec l'autoritaire Mamie Browne… ? Lucie se demanda si Jeremy, lui aussi, s'était rapproché d'Angela, et si elle avait encore un seul ami !

Elle pensa alors à Mme Dillon qui vivait au dernier étage… Avec un peu de chance, elle serait là.

— Savez-vous si Mme Dillon est chez elle ? demanda Lucie, je voudrais monter la voir.

— Je ne sais pas où *elle* est, lâcha la grand-mère d'Emma du bout des lèvres.

Mamie Browne n'aimait pas non plus Mme Dillon. « Eh bien, tant mieux ! pensa Lucie. Au moins, il me reste une amie ! »

Elle vit que la table avait été dressée pour le goûter. Il y avait là quatre assiettes, de délicieux gâteaux à la crème… Emma allait sans doute revenir pour le goûter avec Angela et son grand-père. D'ailleurs, il était bientôt l'heure. Pour rien au monde Lucie ne voulait être là quand ils arriveraient, alors elle dit très vite :

— Eh bien, je m'en vais.

Mamie Browne parut très contente d'être débarrassée de la petite fille.

Lucie gravit l'escalier et trouva enfin un visage ami au dernier étage !

Mme Dillon avait été danseuse étoile au Bolchoï. Elle avait aussi donné à Lucie ses premières leçons de danse. Elle l'accueillit dans son petit appartement situé sous les toits, lui offrit un bol de chocolat chaud et des biscuits. Lucie raconta ses malheurs.

— PFFF ! lança Mme Dillon, méprisante. Ah ! cette Mamie Browne ! J'ai très bien saisi son manège : elle veut mettre le grappin sur ce charmant M. Mumford.

Il fallut une minute à Lucie avant de comprendre qui était M. Mumford. Il s'agissait de M. Pince-sans-rire, le grand-père d'Angela. Mais…

— C'est quoi, le *grappin* ? demanda Lucie en croquant un biscuit.

— Mettre le grappin ? répéta Mme Dillon. Elle espère l'épouser, pardi !

— L'épouser ? s'écria Lucie, horrifiée. Mais ils sont beaucoup trop vieux !

Cette fois, Mme Dillon plissa les yeux et fronça les sourcils :

— Ah bon ? Tu crois que les personnes âgées n'ont pas le droit de se marier ?

— Heu… si, bien sûr, balbutia Lucie. Je voulais seulement dire qu'ils ne peuvent pas tomber amoureux.

— Eh bien, ce n'est pas impossible, non plus, rétorqua froidement Mme Dillon. Mais là, je ne pense pas qu'il s'agisse d'amour. M. Mumford est très riche, et elle veut l'épouser pour son argent !

Puis elle baissa la voix et ajouta :

— Depuis qu'elle l'a rencontré au marché, elle l'invite à prendre le thé et lui a même demandé de les emmener voir un ballet.

— Un ballet… ?

Lucie n'arrivait pas à y croire : Emma était allée voir un ballet ?… Avec Angela… et M. Pince-sans-rire ?… et pendant qu'elle n'était *pas là* ? Lucie faillit fondre en larmes. Elle but une bonne gorgée de chocolat et poussa un soupir :

— Heureusement, Mamie Browne retourne chez elle demain !

— *Elle reviendra !* lâcha Mme Dillon, sûre d'elle.

3

Emma avoue tout

Lorsque Lucie redescendit l'escalier, la porte de la cuisine des Browne était entrouverte. La voix de Mamie Browne résonna au-dessus du bruit des tasses entrechoquées.

— ... Mon fils est en train de refaire l'appartement du rez-de-chaussée. J'y emménagerai quand les Lambert seront partis.

Lucie s'immobilisa, pétrifiée ! Écouter aux portes était très mal élevé, mais elle ne put se retenir ! Et si M. Browne les mettait dehors… ? Soudain, elle se souvint que Mamie Browne ne savait rien au sujet de la nouvelle cuisine…

— Lucie ne va pas partir, et tu le sais très bien ! s'écria Emma.

— Pas dans l'immédiat, bien sûr, reprit sa grand-mère d'un ton mielleux. Mais quand Mme Lambert aura passé son concours et trouvé un travail mieux rémunéré, elle voudra vivre dans un appartement plus grand. Et alors tu pourras descendre me voir quand tu veux. Cela serait agréable, non ?

— Je ne veux pas qu'ils partent ! gémit Emma d'un ton angoissé. Oh ! J'ai vraiment hâte de revoir Lucie !

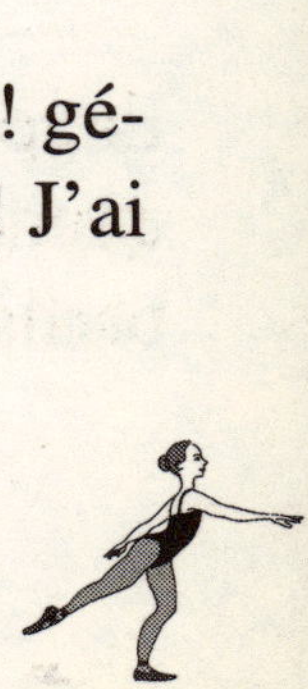

Mamie Browne se garda bien de lui dire qu'elle était *déjà* rentrée. Mais Lucie ne pouvait pas se montrer… puisque Angela était là. Elle continua à descendre l'escalier et se sentit un peu mieux… Même si Emma était allée voir un ballet avec Angela, elle restait toujours sa *meilleure amie* !

Lorsque les invités de Mamie Browne furent partis, Emma aperçut enfin une lumière au rez-de-chaussée. En moins d'une minute, elle dégringola l'escalier, sauta au cou de Lucie et de Jenny. Même Charlie lui tendit les bras !

— Je suis si contente que vous soyez de retour ! Vous m'avez tellement manqué ! s'écria-t-elle, les joues roses de bonheur.

— Et toi, qu'est-ce que tu as fait pendant tout ce temps ? demanda Lucie qui, en fait, le savait très bien.

— Eh bien…

Emma devint écarlate et parut hésiter.

« C'est bien fait ! » se dit Lucie, pas très gentiment.

— Heu…, reprit Emma, la première moitié de la semaine, j'ai aidé papa à refaire votre cuisine. Elle vous plaît ?

— Elle est super, dit Lucie, et ton père est très généreux.

— Je l'ai aidé à peindre au rouleau, c'était amusant !

— Et l'autre moitié de la semaine ? reprit Lucie.

— Oh ça…

Emma rougit à nouveau. Elle commença lentement sa phrase mais la termina à toute vitesse :

— Papa et maman sont partis à Rome et ma grand-mère est venue… On a rencontré M. Pince-sans-rire au marché… avec Angela… et Mamie les a invités à prendre le thé… après, c'est le grand-père d'Angela qui nous a invitées dans sa maison et…

— Tu n'as rien fait *d'autre* ? insista Lucie, bien décidée à mettre les choses au point.

— Heu… Grand-mère m'a emmenée voir un ballet et elle a aussi invité Angela, mais comme Grand-mère ne savait pas où était le théâtre, M. Mumford nous a emmenées en voiture. Il nous a offert les billets.

C'est alors que la voix d'Emma se fêla. Lucie la laissa souffrir en silence.

— C'était bien ? lâcha-t-elle enfin.

— Oh ! oui ! répondit Emma, un peu trop vite. Enfin… pas aussi bien qu'à l'Opéra, mais c'était sympa.

— Tu as vu quel ballet ? demanda Lucie.

« Si c'est *Roméo et Juliette*, je l'étrangle », songea-t-elle.

— Je ne sais plus très bien, répondit Emma. C'était un titre français, quelque chose au sujet de la magie. L'histoire d'un petit garçon qui, après une grosse colère, voit tous les objets de sa chambre s'animer. Les livres, la théière, et même le papier peint !

— Sûrement *L'Enfant et les sortilèges*, dit Jenny qui était en train de mettre Charlie en pyjama.

— Oui, c'est ça ! s'écria Emma.

Lucie se radoucit. Elle était furieuse d'avoir manqué le ballet, mais ce n'était pas la faute d'Emma.

— Je te plains d'avoir été obligée d'y aller avec Angela ! s'exclama-t-elle.

— Oh... ça va mieux avec elle, dit lentement Emma. Il faut la connaître. Elle aimerait devenir ma meilleure amie, alors je lui ai répondu que c'était toi, *ma meilleure amie*. Mais elle a promis d'être gentille avec moi à l'école, conclut Emma, pleine d'espoir.

— Ah oui ? fit Lucie, méprisante.

— C'est plutôt une bonne nouvelle, non ? insista alors Jenny d'une voix ferme. Nous voulons qu'Emma soit heureuse dans son école, n'est-ce pas ?

Lucie trouva plus sage d'acquiescer.

4

La nouvelle victime d'Angela

Le vendredi, Lucie et Emma gravirent en courant les marches du cours de danse. Cette fois, Lucie était la plus inquiète des deux ! Durant les deux trimestres précédents, Angela s'était montrée abominable avec Emma… Mais maintenant qu'elles avaient fait la paix, quelle serait la prochaine victime d'Angela ?

Lucie n'allait pas tarder à le savoir !

Lorsqu'elles entrèrent dans les vestiaires, Angela et sa bande accueillirent Emma comme si elle était leur meilleure amie ! Et Lucie n'eut pas droit à un seul regard. Pendant qu'elles se changeaient, Lucie eut même l'impression qu'elles dressaient un mur entre Emma et elle.

« Ah ! C'est comme ça ? pensa Lucie. Eh bien, je m'en moque ! Vous ne pourrez pas me harceler dehors, je ne suis pas dans votre stupide école privée ! »

Elle sourit et alla discuter avec les plus petites qui l'accueillirent avec leur gentillesse coutumière.

Emma semblait gênée. Elle rejoignit Lucie pour lui nouer les cheveux, ainsi que d'habitude. C'était plus facile de se coiffer mutuellement.

Mais à peine Emma eut-elle fini avec Lucie qu'Angela s'approcha... puis commença à coiffer Emma... *Et celle-ci ne protesta pas !*

Lucie fut scandalisée ! Angela agissait comme si Emma lui *appartenait* ! Quand ses cheveux furent attachés, Emma la remercia et quitta les vestiaires. Angela eut alors un sourire satisfait qui disait : « Emma est mon amie, désormais ! »

Jeremy attendait dans le studio.

— Ho ! Ho ! lança-t-il en voyant la mine lugubre de Lucie. Angela a encore fait des siennes ?

Lucie le mit au courant, et il parut ennuyé.

— Écoute, je pensais que toi et moi voulions qu'Angela soit gentille avec Emma. Tu te souviens comme elle était malheureuse le trimestre dernier ?

— Oui…, commença Lucie. Sauf que maintenant, c'est moi qu'on laisse tomber !

— Arrête, Lucie, reprit Jeremy. On a plein de copains à l'école, et Emma aimerait en avoir aussi dans la sienne.

— Oui… mais Angela me met exprès à l'écart, rétorqua Lucie.

« Les garçons ne comprennent jamais rien, pensa-t-elle. Lucie est ma *meilleure* amie. Si elle aime Angela plus que moi, je serai toute seule ! »

— En plus tu n'es pas aussi timide qu'Emma, continua Jeremy. Tu es coriace !

Il avait dit cela d'un ton admiratif, pourtant ça ne plut pas du tout à Lucie... *Coriace !* Et puis, quoi encore ?

Elle n'eut pas le temps de protester, les autres les rejoignaient déjà, suivies de Mme Dennison.

— Dépêchez-vous ! Prenez vos places ! lança leur professeur.

Les filles firent la révérence, Jeremy s'inclina élégamment, et le cours commença. Lucie essaya de se concentrer sur les demi-pliés, les pliés, les tendus, les glissés. Chaque pas devait être parfaitement exécuté. Position de la tête, position des mains... elle devait montrer qu'elle pouvait rivaliser avec Angela... même si cette peste blonde avait pris des leçons de danse bien avant elle.

Lucie s'acharna à donner le meilleur d'elle-même, et elle s'illumina quand Mme Dennison la félicita :

— C'est très bien, Lucie.

Mais elle ne réussit pas aussi facilement son pas de chat. Il fallait faire un petit bond de côté, genoux fléchis, et ceux-ci ne lui obéissaient pas du tout. Angela, elle, exécutait la figure sans le moindre effort…

« Il faudra que je m'exerce, se promit Lucie, jusqu'à ce que se soit parfait ! »

Mme Dennison leur rappela que le spectacle de l'école et la remise des prix auraient lieu à Pâques. Les parents y assisteraient. Angela avait obtenu le premier prix les deux dernières années, Lucie estima qu'il était grand temps qu'une autre le reçoive. Pourquoi pas *elle* !

À la fin du cours, les danseuses revinrent dans les vestiaires, et le manège recommença ! Angela et sa bande entourèrent Emma, mais Lucie ne fit pas un geste vers elles ! Puis le petit groupe descendit l'escalier. Comme la mère d'Angela attendait les filles près de sa grosse voiture, elles s'y engouffrèrent.

— Tu viens, Emma ? cria Angela. Il y a une place pour toi.

Emma hésita et lança à Lucie un regard de détresse. Son amie feignit de ne rien voir, et avança avec Jeremy.

Ce fut lui qui trancha :

— Viens, Emma ! Ne me laisse pas seul avec Mademoiselle Grincheuse !

Reconnaissante, Emma remercia Angela et vint rejoindre ses vieux amis.

Lucie essaya d'abord de bouder, mais Jeremy fit tellement le clown qu'elle éclata de rire. Alors, tout trois rentrèrent à la maison comme au bon vieux temps.

5

Encore Mamie Browne !

Mme Dillon avait raison ! Mamie Browne était repartie, mais une semaine plus tard, *elle était de retour* !

— Mamie se plaint que sa chaudière ne fonctionne pas bien, confia Emma à Lucie. Elle ne cesse de répéter qu'elle serait beaucoup mieux dans votre appartement…

— Oui, mais nous n'avons pas l'intention de déménager ! l'interrompit Lucie.

— … ou dans celui de Mme Dillon, sous les toits, gémit Emma.

— Ne t'en fais pas. Mme Dillon ne s'en ira jamais pour faire plaisir à ta grand-mère. Elle ne la supporte pas ! lança Lucie.

— Grand-mère est vraiment méchante, elle dit toujours du mal de Mme Dillon, et raconte même qu'elle n'a jamais dansé au Bolchoï… et qu'elle perd la tête, ajouta Emma.

— Je crois surtout qu'elle est jalouse, avança sagement Lucie.

— Et moi qui croyais qu'il n'y avait que les enfants qui se disaient des choses horribles… murmura Emma.

— Les grandes personnes font un tas de choses dont tu n'as pas idée, déclara Lucie… Moi-même, je ne savais pas que les gens âgés pouvaient encore se marier.

— C'est vrai ? s'exclama Emma. Eh bien, j'espère que ma grand-mère trouvera un mari !

— Mme Dillon pense que ta Mamie aimerait bien se marier avec M. Pince-sans-rire.

Emma la regarda, horrifiée.

— Ce serait terrible ! M. Pince-sans-rire est vraiment gentil ! Ça ne serait pas juste pour lui… et pour nous, parce qu'elle vivrait ici. Elle devrait se remarier à Worthing !

— Ou en Écosse ? suggéra Lucie, en rigolant.

— Ou à Rome ?

— Sur la Lune ?

— Pourquoi pas sur Mars ?

La pensée de Mamie Browne épousant un petit homme vert leur traversa l'esprit ! Les fillettes rirent de bon cœur.

Lorsque Jenny Lambert suivait ses cours du soir, Mme Dillon descendait garder Charlie : elle en profitait alors pour donner des cours de danse à Lucie, Emma et Jeremy.

M. Browne avait fixé une barre devant la glace d'une vieille armoire dans la chambre d'Emma. Mais comme ce soir-là Emma était sortie, Mme Dillon décida que la séance aurait lieu chez Lucie.

Ce fut moins agréable car il n'y avait pas de grand miroir pour juger de leurs erreurs. Ils durent aussi se contenter d'un dossier de chaise pour les exercices. *Première position, main droite sur la chaise, lever la main gauche sur la taille… les talons au sol, la tête levée… demi-plié…*

Lucie s'exécuta avec le sentiment délicieux que le mouvement venait naturellement maintenant.

Demi-tour, la main gauche sur la chaise… et recommencez.

Quand Charlie avait appris à marcher, c'était aussi ardu et hésitant au début.

Pliez les genoux… doucement et gracieusement, on se redresse !

À force de répéter, le cerveau est programmé… comme les ordinateurs à l'école.

Terminez en première position… Il suffit alors de penser *plié* ou *tendu* ou *pas glissé* pour que le geste soit parfait ! Sauf pour le pas de chat…

« Je devrais m'exercer tous les jours », pensa Lucie.

Les danseurs professionnels travaillent chaque jour. Mais Mme Dillon était très stricte avec ses élèves : elle interdisait qu'ils s'entraînent en dehors des cours.

— Pendant une heure, vous faites correctement les mouvements avec votre professeur, et ensuite, qu'est-ce qui se passe ? Vous répétez seuls et vous faites une petite erreur… et le lendemain, encore une autre erreur… vous tordez un peu trop vos chevilles, de sorte qu'elles s'affaiblissent au lieu de se renforcer. Non ! Non ! Les danseurs professionnels répètent tous les jours, c'est vrai, mais sous l'œil attentif de leur professeur !

Lucie savait qu'elle avait raison. Néanmoins elle voulait tellement travailler son pas de chat !

Après la leçon, Mme Dillon et ses élèves bavardèrent.

— J'ai une nouvelle à vous annoncer ! dit Mme Dillon. Irina Baraskhova fera partie du jury pour le concours de fin d'année.

— Vraiment ? Génial ! s'écria Jeremy.

C'était le nom de Mme Dillon quand elle dansait au Bolchoï.

— Géant ! renchérit Lucie. On va rafler les premiers prix pour vous faire honneur, puisque vous êtes notre professeur !

Elle taquinait Mme Dillon, mais celle-ci fronça les sourcils.

— Je ne vous ferai aucune faveur ! déclara-t-elle fermement. Je serai encore plus sévère avec toi, jeune fille ! Si tu fais la plus petite erreur, je penserai :

« Combien de fois lui ai-je dit de faire attention ! » Aussi, je te donnerai une *très* mauvaise note !

Lucie la regarda, consternée. Ce n'est qu'en voyant le visage hilare de Jeremy qu'elle comprit que Mme Dillon pouvait, elle aussi, la taquiner.

6

Un marché avec M. Pince-sans-rire

Lorsque Jenny Lambert eut fini de papoter avec le marchand de légumes, elle rangea les provisions et continua son marché.

Lucie la suivait avec la poussette de Charlie, en traînant des pieds. Il pleuvotait et le marché lui parut lugubre. Jeremy était allé à un match de football avec son grand-père. Emma était partie acheter des chaussures neuves avec sa grand-mère. Elle aurait bien aimé que Lucie les accompagne, mais la vieille dame avait très clairement montré qu'il n'en était pas question.

« Elle veut nous séparer, pesta Lucie. Et souhaite qu'Angela prenne ma place. Est-ce parce qu'Angela est plus riche ? Ou bien s'agit-il d'une ruse pour épouser le grand-père d'Angela ? Les personnes âgées doivent savoir comment s'y prendre pour se remarier », pensa Lucie, amère.

Si Mamie Browne épousait M. Pince-sans-rire, Emma et Angela auraient les mêmes grands-parents ! Elles passeraient Noël ensemble… Elles partiraient en vacances ensemble ! Quelle horreur !

Elles iraient à l'Opéra, et Mamie Browne devenue Mme Mumford n'inviterait jamais Lucie. Elle imagina Emma et Angela, très bien habillées, assises côte à côte dans une loge rouge et or ; et elle, à la porte du théâtre, debout, toute seule… et sous la pluie.

— Courage, Lucie ! Ça n'arrivera peut-être jamais !

Lucie sursauta. C'était M. Pince-sans-rire. Il avait lu dans ses pensées ! Elle chercha nerveusement Angela des yeux, mais il était seul.

Sa mère se retourna alors pour le saluer, et il ajouta gaiement :

— On dirait que votre Lucie broie du noir, madame Lambert ! Puis-je lui remonter le moral en lui offrant un gâteau à la crème et une limonade ?

Je dois bien ça à celle qui m'a assisté lors de mes tours de magie à l'anniversaire d'Angela.

— Je suis sûre qu'elle en sera ravie, déclara Jenny.

Lucie suivit M. Mumford dans la meilleure pâtisserie de la ville.

Cinq minutes plus tard, après avoir mordu dans une grosse meringue et s'être barbouillé le nez de crème chantilly, Lucie se sentit beaucoup mieux.

Ils discutèrent des tours de magie, et M. Pince-sans-rire parut très content d'apprendre qu'elle n'avait révélé à personne les secrets de ses fameux tours.

— Lucie Lambert, tu es une vraie professionnelle ! s'écria-t-il admiratif.

Lucie jubila. Il y eut un bref silence pendant qu'elle avalait le reste de la meringue.

— Je suis désolé que tu aies manqué le ballet. Je voulais t'inviter, mais tu étais déjà partie, reprit-il.

Lucie sourit et essuya la crème sur son nez.

— … Il y a une troupe qui va interpréter *La Fille mal gardée*, la semaine prochaine, continua-t-il.

Lucie connaissait l'histoire de ce ballet. Elle l'avait lue dans le livre d'Emma intitulé *Histoires de ballets*. C'était très amusant… Mais pourquoi lui en parlait-il ? Comme elle avalait le dernier morceau de meringue, elle faillit s'étrangler quand il ajouta :

— J'ai pensé que nous pourrions nous y rendre ensemble, toi, moi, Emma et… Angela.

— Angela ne voudra pas que je vienne, dit-elle.

— *Moi*, je le veux, rétorqua M. Pince-sans-rire.

— C'est qu'elle est vraiment horrible avec moi, avoua Lucie.

Un silence s'ensuivit.

— Tu n'aimes pas Angela, reprit-il au bout d'un moment.

Lucie ne sut quoi répondre.

— Puis-je te demander pourquoi ? demanda-t-il doucement.

Lucie hésita. Elle préférait ne pas en parler.

— Sois honnête, j'ai besoin de savoir.

— Eh bien, soupira Lucie, elle terrifie tout le monde. Elle a été vraiment très méchante avec Emma, le trimestre dernier. Elle s'est arrangée pour que les autres filles la laissent de côté…

— Oui, je sais. (Il avait l'air si triste que Lucie se sentit très mal.) Mais elles sont amies maintenant, ajouta-t-il soulagé. Tu ne pourrais pas devenir aussi celle d'Angela ?

Lucie était sûre qu'Angela n'était gentille avec Emma que pour l'éloigner d'elle.

— … Elle a besoin d'amies comme toi, Lucie, continua-t-il.

Lucie en doutait ! Angela détestait quiconque refusait d'être à ses pieds !

— … Tu ne veux pas essayer ? continua M. Pince-sans-rire. Et cela me ferait plaisir que tu viennes au spectacle avec nous.

Soudain, une pensée traversa l'esprit de Lucie.

— Est-ce que la grand-mère d'Emma viendra aussi ?

— Oh oui ! dit-il en souriant. J'aurai besoin d'elle pour m'aider à vous tenir

tranquilles ! Il y a aussi un autre garçon qu'Angela veut inviter... un des garçons de son cours de danse.

Il n'y *en avait* qu'un seul : Jeremy ! Angela avait donc décidé de lui voler tous ses amis ? Mais à présent, le plus urgent était de mettre en garde M. Pince-sans-rire à propos de Mamie Browne. Aussi prit-elle son courage à deux mains.

— Heu... Mme Dillon pense qu'elle essaye de vous embobiner, lâcha-t-elle. Mamie Browne, je veux dire... Moi, je sais que vous ne serez pas heureux si vous l'épousez... Elle n'arrêtera pas de vous forcer à faire des choses que vous ne voulez pas !

Après quoi, Lucie devint toute rouge. M. Pince-sans-rire la regardait, ahuri. Lucie eut envie de rentrer sous terre.

Puis, soudain, il demanda d'un ton grave :

— Tu penses que ce serait une erreur ?

— Oui, je le pense, affirma-t-elle, courageusement.

— Hum…

Il réfléchit un instant.

— Suppose que nous fassions un pacte, toi et moi. Tu viens au ballet, tu essaies d'être gentille avec Angela, et moi je te promets de ne pas me marier avec Mamie Browne.

Lucie faillit lui sauter au cou.

— Marché conclu ! s'écria-t-elle.

Et ils topèrent dans leurs mains pour conclure l'accord. Lucie rayonnait à l'idée de rassurer Emma. Hélas, il baissa la voix et ajouta :

— … À condition que tu ne le dises à personne, même pas à ta meilleure

amie, au cas où Mamie Browne le découvrirait.

Quelle tuile !

— … Sauf à ta maman, ajouta-t-il. Une fille ne doit avoir aucun secret avec sa mère.

Lucie se sentit ragaillardie. Elle était sûre que sa mère serait contente. Tout compte fait, c'était peut-être mieux que personne d'autre ne le sache. Parce que si par malheur Mamie Browne découvrait ce qu'elle venait de faire… Lucie frissonna.

— D'accord, promit-elle. Je ne le dirai qu'à maman.

— Je sais que tu peux garder un secret, dit-il en adressant un clin d'œil à Lucie.

Elle tiendrait parole ! Elle adressa un large sourire à M. Pince-sans-rire, satisfaite d'avoir pu l'arracher aux griffes de Mamie Browne.

— Et maintenant, je vais t'acheter une autre meringue, proposa-t-il, en lui rendant son sourire. J'adore te voir manger une meringue !

Lucie se sentait incapable d'avaler une miette de plus.

— Heu… Est-ce que je peux, s'il vous plaît, l'emporter avec moi… dans un sachet ?… Vous voyez, maman adore les meringues et Charlie aussi.

Il lui en acheta une boîte entière !

7

« Pas de grenouille » !

Emma descendit au rez-de-chaussée et entra dans la cuisine en tenant à la main une paire de chaussures très laides !

— Regarde ça ! Elles ne sont pas affreuses ? Moi, je les déteste !

Lucie chercha quelque chose de gentil à lui dire, mais elle ne trouva rien.

— Pourquoi les as-tu achetées ?

— Qu'est-ce que tu crois ? explosa Emma au bord des larmes. Ce n'est pas moi, c'est ELLE !

— Ta grand-mère ? demanda Lucie.

— Évidemment !

La mère de Lucie s'approcha :

— Je comprends le problème, dit-elle doucement.

Et elles regardèrent à nouveau les horribles chaussures.

— Tu pourrais peut-être les échanger ? suggéra Lucie.

— Tu ne la connais pas ! Elle ne voudra jamais ! gémit Emma.

— Tu devrais alors en parler à ta mère, suggéra Jenny. Choisis un moment où ta grand-mère ne sera pas là, et dis-lui que tu détestes ces chaussures, elle comprendra.

Emma leva sur elle un regard reconnaissant :

— Vous croyez ? murmura-t-elle.

— Fais-moi confiance et fais aussi confiance à ta mère.

Les filles s'installèrent dans la chambre de Lucie, qui était impatiente de raconter sa rencontre avec M. Pince-sans-rire… et de lui parler du spectacle !

— Il s'agit de *La Fille mal gardée*, l'histoire est dans ton livre, tu te souviens ? Il veut nous inviter, toi, Jeremy et moi, ainsi nous serons trois pour affronter Angela !

— Tu ne vas quand même pas te disputer avec elle ? demanda Emma, un peu anxieuse.

— J'ai promis à M. Pince-sans-rire d'être gentille avec elle, la rassura Lucie.

Emma demeura inquiète. Lucie aurait bien aimé lui raconter le marché conclu au sujet de Mamie Browne, mais c'était un secret.

— Est-ce que Mamie sera là ? reprit Emma.

— Oui ! Même si M. Mumford n'a pas du tout parlé d'elle comme s'il comptait l'épouser.

Lucie songea qu'elle en avait assez dit. Son amie devait être soulagée maintenant. Emma ne parut pas convaincue.

— Hum… Le problème n'est pas ce *qu'il veut* ! Moi non plus, je ne *voulais pas* acheter ces chaussures ! Pourtant Mamie m'y a forcée !

Lucie en fut ébranlée. M. Pince-sans-rire lui avait fait une promesse.

— Fais-moi confiance, affirma-t-elle du même ton que sa mère. Tout ira bien !

Emma monta les horribles chaussures à l'étage au-dessus et redescendit avec son livre : *Histoires de ballets*. Elles s'assirent côte à côte sur le lit de Lucie et relurent *La Fille mal gardée*. C'était le drame d'une fille qui ne voulait pas se marier avec l'homme que sa mère avait choisi pour elle parce qu'il était riche. La mère ressemblait à Mamie Browne. Heureusement la fille n'était pas seulement belle, elle était intelligente ! Elle ne se laissa donc pas faire et épousa l'homme pauvre qu'elle aimait vraiment.

Lucie et Emma en conclurent que ce serait une excellente chose d'aller voir ce ballet avec Mamie Browne.

Le soir, pendant le cours particulier, Mme Dillon leur annonça d'excellentes nouvelles :

— Ce gentil M. Mumford m'a invitée à voir un ballet, et il m'a dit que vous viendriez aussi.

— Avec Angela, souligna Lucie.

— Et Mamie, soupira Emma.

— Rien n'est parfait dans la vie ! s'exclama Mme Dillon. Mais nous passerons malgré tout un bon moment.

Lucie aurait bien voulu se concentrer uniquement sur son pas de chat. Hélas, elle ne pouvait pas s'empêcher de penser à la confrontation de Mme Dillon et de la grand-mère d'Emma. Est-ce que M. Pince-sans-rire savait ce qu'il faisait ? Elle eut soudain la vision des deux vieilles dames se battant… armées de parapluies…

— Ce pas de chat est plutôt un « pas de grenouille » ! lança sévèrement

Mme Dillon. S'il te plaît, pense à ce que tu fais quand tu danses, Lucie !

Vexée, Lucie se jura de s'exercer encore et encore. Ne serait-ce que pour battre Angela !

8

Une très belle soirée

Ils étaient sept à se rendre au ballet, aussi eurent-ils besoin de prendre deux voitures. M. Browne emmena Lucie, Emma, sa grand-mère et Mme Dillon. Il laissa à Angela et à son grand-père le soin d'aller chercher Jeremy. Lucie et Emma auraient préféré avoir avec elles Jeremy plutôt que Mamie Browne !

Toutes deux furent très excitées pendant le parcours. Assises sur la banquette arrière avec Mme Dillon, elles l'écoutèrent raconter l'histoire de ce ballet. Elle leur révéla que *La Fille mal gardée* était le premier ballet mettant en scène des gens modestes.

— Autrefois, il y avait surtout des dieux et des déesses dans les ballets. Mais, dans celui-ci, il n'y a que de simples paysans.

— Comme dans *Giselle*, lui rappela Lucie.

— C'est exact, mais *Giselle* a été écrit beaucoup plus tard. Tandis que le livret de ce ballet raconte une vraie histoire et fait rire les gens. Cela n'avait jamais existé auparavant.

— J'aime le passage où Lise joue un tour à sa mère en épousant Colas ! s'exclama Lucie.

Et Emma renchérit :

— La mère est affreuse ! Elle essaye tout le temps de forcer sa fille à faire ce qu'elle n'aime pas !

Emma avait parlé avec tant de conviction que Mamie Browne, assise sur le siège du passager, laissa échapper un grognement mécontent. La vieille dame se mit à bouder, car elle était furieuse que Mme Dillon soit au centre de leur conversation.

Ils arrivèrent les premiers et attendirent sur le trottoir que la seconde voiture les rejoigne. Jeremy sauta de son siège pour ouvrir la portière à Angela. Cette dernière rejeta ses longs cheveux blonds en arrière, sortit ses longues jambes et tenta de ressembler à un super-top modèle. Elle adressa un bref sourire à

Emma, ignora Lucie et s'accrocha au bras de Jeremy.

Le théâtre était très moderne, pas du tout comme le grand Opéra aux décors rococo. Leurs sièges se trouvaient au premier rang du balcon : Angela s'y dirigea, suivie de Jeremy.

— Les dames d'abord, dit-il, en laissant passer Emma et Lucie devant lui.

Lucie se demanda si c'était juste par politesse, ou bien s'il avait sauté sur l'occasion pour être assis près d'elle plutôt que d'Angela.

Le problème est que Mamie Browne avait fait comme Angela et était passée la première. Elle se retrouva assise de l'autre côté de Jeremy… Pas pour longtemps ! Quand elle vit que M. Pince-sans-rire se trouvait près de Mme Dillon, elle se releva :

— Oh ! très cher... roucoula-t-elle. J'ai oublié mon mouchoir dans la poche de mon manteau.

Quand elle revint, au lieu de reprendre sa place, elle souffla au grand-père d'Angela :

— Ce serait plus facile si vous vous poussiez d'un siège.

Ainsi, Mme Dillon se retrouva près de Jeremy, et Mamie Browne s'installa triomphalement à côté de sa proie.

Lucie et Emma se mirent à glousser.

— Elle l'a fait exprès, chuchota Emma.

— Je te parie que son mouchoir n'a pas quitté sa poche, murmura Lucie.

Lucie eut l'impression qu'Angela aurait bien voulu jouer le même tour pour s'asseoir près de Jeremy ! Pourtant, se souvenant de sa promesse, elle adressa à Angela son plus beau sourire. Les lumières s'éteignirent.

Le ballet était merveilleux, à la fois drôle et plein de couleurs ! Les danseuses étaient gracieuses avec tous leurs rubans, et la danse des poulets les fit rire aux éclats.

Alain, le riche fils du fermier, dansait avec une ombrelle. La mère autoritaire, dont le rôle était tenu par un homme, évoluait dans de lourds vêtements de laine. Même les scènes romantiques étaient comiques, avec Colas qui faisait de son mieux pour voler des baisers à Lise juste au moment où Alain se retournait. La partie que Lucie préféra fut celle où Lise, se croyant seule, se mit à rêver de son mariage avec Colas. Elle ignorait qu'il la regardait, aussi fut-elle très embarrassée quand elle le vit. Heureusement, tout se termina dans la joie et la bonne humeur !

Durant le trajet de retour, Lucie et Emma conclurent que cette soirée était la plus belle de toute leur vie !

— C'était bien mieux que le ballet que j'ai vu avec Angela pendant ton absence ! chuchota Emma.

Mamie Browne, qui avait l'oreille fine, l'entendit.

— Emma, je crois qu'il y aura encore d'autres ballets avec la chère Angela, lança-t-elle, satisfaite. M. Mumford est *tellement* charmant et *si* plein d'attentions !

« Rêve toujours ! » pensa Lucie.

Elle se demanda ce que dirait Mamie Browne si elle connaissait la promesse de M. Pince-sans-rire ! Puis elle se rappela avoir également promis d'être gentille avec Angela… et n'avoir pas fait beaucoup d'efforts !

M. Mumford tiendrait-il parole si elle ne tenait pas la *sienne* ?

9

Une mauvaise idée

C'était la dernière leçon avant l'examen de fin d'année. Lucie essaya de se concentrer sur chaque pas. Comme elle se tenait juste derrière Angela, elle éprouva un léger découragement en voyant combien sa rivale dansait bien. Mais après deux trimestres de cours, elle avait beaucoup progressé et n'était pas si mauvaise ! Les cours avec Mme Dillon avaient été bénéfiques ! Elle était si

stricte, que jamais elle ne la laissait partir sans lui avoir fait corriger la plus petite erreur !

« Oh, si seulement je pouvais battre Angela ! » pensa Lucie.

Elle imagina le visage furibond de sa rivale si elle recevait le premier prix... Puis son esprit continua à gambader. Mme Dillon avait beau dire que c'était là son pire défaut, images et pensées se bousculaient dans la tête de Lucie, comme un film vidéo...

Elle décida donc d'éteindre le magnétoscope.

Au cours de sa dernière leçon, Lucie avait demandé à Mme Dillon de lui faire travailler son pas de chat. Elle n'avait pas oublié la remarque de la vieille dame au sujet du « pas de grenouille » !

Tantôt, elle l'effectuait parfaitement, tantôt elle avait l'impression de faire trop d'efforts, que ses muscles étaient tendus.

La veille du grand jour, Lucie eut beaucoup de mal à trouver le sommeil. Non seulement elle était angoissée et surexcitée, mais, pour tout aggraver, Charlie commença à s'agiter parce qu'il avait perdu son ours. Jenny parvint à le convaincre de prendre son éléphant en peluche, et le petit garçon finit par s'endormir.

Allongée dans le noir, Lucie désespérait de pouvoir en faire autant. En l'entendant se tourner et retourner dans son lit, sa mère s'avança sur le pas de la porte :

— Tu n'arrives pas à dormir ? demanda-t-elle, doucement.

— Non, gémit Lucie, désespérée. Et si je ne dors pas, demain je serai fatiguée et je danserai mal !

— Il y a quelque chose qui te préoccupe ?

— C'est ce pas de chat. Je le rate une fois sur deux.

— Eh bien, demain, tu le réussiras, affirma sa mère. Essaye de te calmer.

— Je n'y arrive pas ! Et maintenant je m'inquiète de tant m'inquiéter !

— Un bon lait chaud avec du miel va te détendre, conseilla Jenny.

Lucie accepta avec reconnaissance. Après avoir bu cette boisson chaude et sucrée, elle sombra dans le sommeil.

Elle s'éveilla en pleine nuit. Dans la maison silencieuse, sa chambre était plongée dans l'obscurité. Elle alluma la lampe de chevet : son réveil marquait trois heures et demie. Il fallait qu'elle aille aux toilettes, sans doute à cause du lait chaud.

Une fois dans la salle de bains, elle pensa au concours de danse. Pourvu qu'elle réussisse son pas de chat !

« Si j'éprouvais plus d'amitié pour Angela, j'aurais moins envie de la battre... » Angela avait gagné deux ans de suite. C'était cela qui la rendait si forte. M. Pince-sans-rire lui avait confié que sa petite-fille avait besoin de quelqu'un qui lui résiste.

Peut-être souhaitait-il au fond que Lucie gagne la compétition.

En regagnant sa chambre, elle songea au pas de chat. Ce n'était qu'une question de relaxation : ses muscles devaient être souples afin que le mouvement s'effectue gracieusement...

S'entraîner une dernière fois la rassurerait avant de se rendormir. Lucie voyait suffisamment clair grâce à la lampe de chevet, et ses pieds nus sur le tapis ne feraient aucun bruit.

De gauche à droite... Ça y était ! Elle l'avait bien fait ! Pendant un moment tout son corps ne fut que douceur, grâce, et la danse fut parfaite. Elle ressentit le plaisir d'une danseuse professionnelle.

Et maintenant de droite à gauche... Lucie bougeait comme dans un rêve... lorsque, soudain, elle buta contre l'ours de Charlie dont une patte dépassait de sous le lit. Elle perdit l'équilibre, se tordit la cheville et s'écroula de tout son long par terre.

Allongée sur le tapis, elle retint son souffle en espérant que le bruit de sa chute n'avait réveillé personne. Le silence régnait. Elle se redressa, fit tourner doucement sa cheville : hormis une très légère douleur, rien de grave.

Danser dans la demi-obscurité n'avait pas été une idée géniale. Lucie retourna dans son lit, éteignit sa lampe et se rendormit aussitôt.

10

Le grand jour

LE GRAND JOUR était arrivé ! En s'éveillant, la première pensée de Lucie fut pour sa cheville.

« S'il vous plaît, s'il vous plaît, mon Dieu ! Je sais que j'ai été stupide, mais faites que ma cheville aille bien, et je vous promets d'être toujours gentille ! »

Elle sortit ses jambes sur le côté, tourna doucement son pied, il semblait intact.

« Oh ! Merci, merci, mon Dieu ! »

Elle sauta joyeusement de son lit… et poussa un cri en sentant une douleur à son genou gauche.

Lucie fondit en larmes. Comment Dieu avait-il pu se montrer si sournois ? Elle l'avait supplié pour sa cheville : Il aurait dû savoir qu'elle pensait aussi à son genou !

Charlie entra, troublé par ses pleurs.

— C'est ta faute ! aboya-t-elle. À toi et à ton ours imbécile !

Charlie cria de bonheur en apercevant la peluche sous le lit :

— Mon nounours ! Mon nounours !

Il s'en empara et le serra sur son cœur.

Alertée par les cris, Jenny vint voir ce qui se passait.

— C'est sa faute ! sanglota Lucie. J'ai buté contre cet ours idiot en allant aux toilettes… et maintenant, mon genou est blessé… Je ne pourrai pas danser… et Angela va gagner… et je déteste *tout le monde* !

Jenny s'assit sur le lit, la prit dans ses bras et la consola sans rien dire jusqu'à ce que l'orage soit passé.

— Voyons ce genou, maintenant, proposa-t-elle. Il ne semble pas enflé.

Hélas, quand Lucie pesa de tout son poids sur sa jambe, il fléchit à nouveau et elle fondit en larmes.

— Nounours aime Lucie ! déclara Charlie en grimpant sur le lit.

Lucie aurait volontiers jeté ce maudit nounours par la fenêtre ! Cela n'aurait pas été très juste. À qui la faute, sinon à elle ? N'avait-elle pas essayé son pas de chat dans l'obscurité ? Lucie grinça des dents quand Charlie insista pour que son ours lui donne un baiser !

La nouvelle fit le tour de la maison. Emma se mit à pleurer aussi quand elle vit Lucie en larmes.

Mme Dillon examina le genou d'un œil expert.

— C'est classique chez les danseuses. Dans quelques jours, ce sera fini.

— Mais c'est aujourd'hui, le concours ! gémit Lucie, désespérée.

— Ah ça, hors de question : danser ne fera qu'aggraver le mal.

— Je le dois ! Je veux battre Angela !

— Avec ce genou ? Ce serait de la folie ! conclut Mme Dillon.

C'était vrai… Lucie le savait… et elle devait se faire une raison.

La compétition devait avoir lieu dans une salle non loin de la maison. Lucie y pénétra en claudiquant au bras de sa mère. Tout le monde se montra très gentil avec elle. La grand-mère de Jeremy, Oriane Sinclair, l'embrassa :

— Ce sont les aléas de la vie d'artiste ! Pour nous, les chanteurs, c'est un enrouement, et pour vous, les danseuses, une cheville foulée.

— Mon genou en fait, précisa Lucie.

— Que ce soit le genou ou la cheville, c'est tragique, déclara M. Pince-sans-rire.

Il semblait tellement sincère ! Lucie le soupçonna d'avoir vraiment espéré que sa petite-fille n'ait, pour une fois, que la deuxième place.

« J'ai déçu tout le monde », pensa Lucie, dépitée.

Les plus petites obtinrent un tonnerre d'applaudissements lorsqu'elles firent la révérence finale. Mme Dillon inscrivait les notes sur un papier.

Les yeux de Lucie se mouillèrent quand sa classe prit leur relève. Jamais elle ne s'était sentie aussi abandonnée. Une larme roula sur sa joue. Jenny pressa son épaule et lui tendit un mouchoir.

Tout au long de la représentation, les yeux de Lucie restèrent rivés sur Angela. Si seulement sa rivale pouvait faire une faute ! Un pied mal placé, un mouvement maladroit du bras, mais non, rien du tout ! Lucie s'aperçut néanmoins qu'elle ne prenait aucun plaisir à la voir danser. Angela avait une technique parfaite, mais ça manquait d'âme ! Jeremy, au contraire, irradiait d'énergie et d'enthousiasme. Elle regretta d'avoir prêté tant d'attention à Angela. Quand ils eurent terminé d'évoluer sur scène, Lucie éprouva un choc : elle avait à peine prêté attention à Emma !

Ce fut ensuite le tour des aînées que Lucie n'avait encore jamais vues. Celles-ci venaient au cours de danse le soir et à des heures différentes. Elle trouva très intéressant de les regarder et se dit qu'un jour elle en ferait autant.

Après les démonstrations, il y eut un entracte pendant lequel Mme Dillon et Pénélope Maple échangèrent leurs conclusions.

— Angela danse vraiment très bien, dit poliment Lucie à M. Pince-sans-rire.

— C'est un enchantement ! fit écho Mamie Browne qui le suivait pas à pas.

— Merci, répondit-il, sans enthousiasme. Et maintenant, il y a une dame qui devrait être félicitée, ajouta-t-il en s'avançant vers Oriane Sinclair. Votre petit-fils est très impressionnant ! Il a l'étoffe d'un artiste !

Oriane lui adressa un sourire radieux.

— Votre petite-fille est aussi très talentueuse, déclara-t-elle, à son tour.

Tous deux se mirent à parler. Le sourire forcé de Mamie Browne s'effaça, et elle se renfrogna. En l'observant, Lucie eut l'impression que la vieille dame savait désormais qu'elle n'attraperait jamais M. Pince-sans-rire dans ses filets !

— Ah, te voilà, Lucie ! s'écria sa mère. Il est temps de regagner nos places.

La distribution des prix commença. Dans le groupe des plus jeunes, la coupe d'argent fut remise à une fillette aux cheveux cuivrés. Mais quand arriva le tour de sa classe, Lucie ferma les yeux, et fut tentée de mettre ses doigts dans ses oreilles pour ne plus rien entendre.

— … Un élève dont le travail n'est pas seulement correct et bien exécuté, mais qui possède aussi le sens inné de la danse, disait Mme Dillon.

Angela ? Le sens inné ? C'était une plaisanterie ou quoi ? songea Lucie.

— … Jeremy Sinclair ! lança Mme Dillon.

Lucie laissa échapper un cri de joie. Elle applaudit à tout rompre ! Quelle idiote elle était, de n'avoir pas songé à Jeremy ! Obnubilée par sa bataille avec Angela, elle en avait oublié les autres. Elle se jura de le regarder danser même s'il se tenait au fond de la classe, là où les filles ne pouvaient le voir.

Lucie jubila jusqu'à la fin des nominations. Elle avait hâte de fêter ça avec Jeremy et Emma. Lorsque les aînées eurent reçu leur coupe, tout fut enfin fini…

Enfin, presque.

Pénélope Maple s'adressait maintenant aux spectateurs…

— … Il reste une coupe, déclara-t-elle, une coupe qui nous pose souvent un problème. Sauf cette année ! Elle est destinée à une danseuse qui a commencé tard et qui a travaillé très dur et fait des progrès exceptionnels. Malheureusement, un accident mineur l'a empêchée de vous montrer le niveau qu'elle a atteint après seulement deux trimestres au cours Maple. Cette coupe du progrès est destinée à… Lucie Lambert.

Lucie hoqueta et mit sa main devant sa bouche. Elle n'arrivait pas à y croire. Jenny la poussa à se lever.

— Allez, Lucie, je vais t'aider à te mettre debout.

Les applaudissements devinrent assourdissants.

Lucie boitilla à travers les spectateurs tandis que Pénélope Maple et

Mme Dillon l'accueillaient au pied de l'estrade. Toutes deux l'embrassèrent et placèrent la coupe (qui semblait plus grosse que les autres) dans ses mains.

Lucie se tourna vers l'auditoire, le flash du photographe du journal local l'aveugla. Pendant un moment, elle devint Margot Fonteyn, danseuse étoile dans *Roméo et Juliette*, le premier ballet qu'elle avait vu, affrontant la foule en délire.

L'instant suivant, elle redevint Lucie Lambert, félicitée et embrassée par sa mère, Emma et tous ses amis…

Et ce fut encore plus beau !

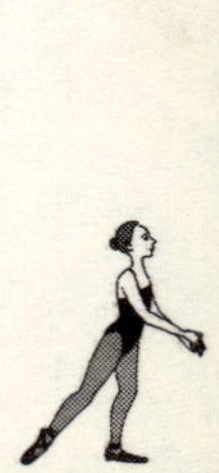

Tu as aimé

***Faux pas*, **

alors retrouve vite les héros de

Ballerine

avec cet extrait de :

Une nouvelle épreuve

(à paraître en mars 2002)

[…]

Lucie se trouvait au rez-de-chaussée quand elle entendit des éclats de voix provenant de l'étage supérieur. Il y avait de l'orage dans l'air chez les Browne !

— Je monte voir si Emma va bien, annonça-t-elle à sa mère qui révisait ses examens. Elle déteste tellement les disputes.

Jenny Lambert leva le nez de ses livres.

— Va dans la chambre d'Emma, si tu veux… Mais n'écoute pas aux portes, lui conseilla-t-elle.

— Oh !… Ce n'est pas mon genre ! protesta Lucie.

— Menteuse ! rétorqua Jenny en souriant.

Emma n'était pas dans sa chambre. Lucie la trouva assise dans l'escalier écoutant d'un air navré les voix de ses parents et de Mamie Browne qui résonnaient dans la cuisine.

— Qu'est-ce qui se passe ? demanda Lucie, en s'asseyant près d'elle.

— C'est... c'est terrible, balbutia Emma.

— Quoi donc ?

— Papa a perdu son travail !

Lucie n'en croyait pas ses oreilles !

— Ton père ? Mais il a un poste très important à la banque... Qu'est-il arrivé ?

— Je ne sais pas, marmonna Emma. Je crois que sa banque a été rachetée.

Lucie était sous le choc. Elle aimait tellement M. Browne ! Pour faire plaisir à sa mère, il avait refait leur cuisine, et maintenant, il faisait la même chose pour Mme Dillon. S'il n'avait plus de travail, lui faudrait-il vendre la maison ?

— Vous n'allez pas déménager ? demanda Lucie, inquiète.

— Je ne sais pas, répéta Emma, d'une voix triste.

Lucie en était malade ! Tous les ennuis que sa mère avait eus avant que les Browne n'achètent la maison lui revinrent en mémoire. L'ancien propriétaire avait essayé de les mettre à la porte de leur appartement. Si M. Browne devait vendre… Lucie perdrait à la fois sa maison et sa meilleure amie ! Elle glissa son bras autour des épaules d'Emma et l'embrassa…

Dans la même collection

Ballerine

1. Premières leçons
2. Lucie, petit rat
3. Une ennemie pour Lucie
4. Faux pas
5. Une nouvelle épreuve
   (à paraître en mars 2002)

Composition : Francisco *Compo*
61290 Longny-au-Perche

Imprimé en France sur Presse Offset par

BRODARD & TAUPIN

GROUPE CPI

La Flèche (Sarthe), le 29-11-2001
N° d'impression : 10316

Dépôt légal : janvier 2002

POCKET jeunesse
12, avenue d'Italie • 75627 PARIS Cedex 13
Tél. : 01.44.16.05.00